ARKHÂNES

Conception graphique et réalisation : Didier Gonord

© Juin 1994, Editions La Sirène, sauf pour les illustrations reproduites
avec l'aimable autorisation des éditions Glénat et Comics USA
Dépôt légal : Deuxième trimestre 1994
ISBN : 2.84045.080.1

Editions La Sirène
18, Avenue de la Cristallerie - 92310 Sèvres

JUAN GIMENEZ

TEXTES DE PASCALE REY

Inédit, 1987

TOUT A COMMENCÉ PAR UN LÉGITIME DÉSIR D'ÉDITEUR : RÉUNIR EN UN SEUL VOLUME LES PLUS BELLES ILLUSTRATIONS DE JUAN GIMENEZ. EN FAIT, EN Y RÉFLÉCHISSANT BIEN, CE DÉSIR-LÀ N'ÉTAIT PAS COMPLÈTEMENT INNOCENT. IL EN MASQUAIT UN AUTRE, PLUS AMBITIEUX, MOINS AVOUABLE PUISQU'IL VISAIT DIRECTEMENT L'AUTEUR : PERCER LE SECRET DE L'ÉVOLUTION DE SON TRAIT, SUIVRE LE FIL ROUGE DES DÉMONS INTÉRIEURS QUI PEUPLENT SON IMAGINAIRE... ET, EN QUELQUE SORTE, TOUT SAVOIR DE SA CONCEPTION DU MONDE.

NOUS AURIONS DÛ NOUS MÉFIER DU SAVOIR, CETTE ENTITÉ EXIGEANTE A HORREUR DE SE LAISSER EMPRISONNER. ET POUR ARRIVER JUSQU'À ELLE, BIEN NOMBREUX SONT LES OBSTACLES ! IL FAUT ACCEPTER DE CHEMINER AVEC PERSÉVÉRANCE, CHERCHANT À ÉLUCIDER DES MYSTÈRES QUI S'OUVRENT SOUVENT SUR D'AUTRES MYSTÈRES ENCORE PLUS INSONDABLES...

QUE L'ON NE S'Y TROMPE PAS ! CE LIVRE, S'IL A L'APPARENCE, LE POIDS, LA DIMENSION ET MÊME LA COUVERTURE DE SES FRÈRES DE BIBLIOTHÈQUE EST BIEN PLUS QUE CELA. IL VAUDRAIT MIEUX PARLER D'UN GRIMOIRE AUX POUVOIRS CONFUS, RECÉLANT SECRETS ET CLEFS, CHEMINS ET PIÈGES...

TOURNEZ-EN LES PAGES ET VOUS SUIVREZ LES CHEMINS DU CHEVALIER ARKHÂNE, HOMME INTEMPOREL, ÉTERNEL HUMAIN AUX MILLE VISAGES... DONT LA QUÊTE DÉSESPÉRÉE RESSEMBLE ÉTRANGEMENT... À LA VÔTRE !

Nul ne surgit de nulle part.

Le quelque part de Juan Gimenez,

c'est l'Argentine, qu'il a quittée

il y a une quinzaine d'années

pour vivre heureux et caché

dans un petit village des

environs de Barcelone.

LA RECHERCHE D'UN MONDE

Couverture pour la première édition de *L'Etoile Noire* (éditions Dargaud), 1979

Lio Exeter, inédit, 1988

LE SIGNE EXTÉRIEUR DE SES ORIGINES RESTE TOUT À FAIT AUDIBLE GRÂCE À UN PARLER PLUS MUSICAL ET PLUS LENT QUE CELUI DES ESPAGNOLS… MAIS LA MARQUE PROFONDE, INTÉRIEURE, DE L'EXIL, C'EST LA PARTIE IMMERGÉE DE L'ICEBERG, ET JUAN LA GARDE PRÉCIEUSEMENT POUR LUI. IL NOUS SUFFIT DE SAVOIR QUE C'EST DANS SON ENFANCE QUE SE SONT INSCRITS LES CHEMINS QUI LE MÈNERONT VERS LE DESSINATEUR D'AUJOURD'HUI.

SON PÈRE, FÉRU DE MÉCANIQUE, LUI A TRANSMIS LE GOÛT DU RÉALISME MINUTIEUX NÉCESSAIRE À LA TECHNIQUE QUI DÉBOUCHERA SUR UNE PASSION POUR LES MACHINES COMPLEXES… MAIS C'EST À SA MÈRE QUE JUAN DEVRA LE DÉSIR VIOLENT D'EN FAIRE QUELQUE CHOSE D'ARTISTIQUE. C'EST ELLE QUI, BIEN AVANT QU'IL NE SACHE LIRE, A RÉGULIÈREMENT EMMENÉ JUAN AU CINÉMA.

LE DESSIN A TOUT DE SUITE ÉTÉ SA MÉMOIRE. DÈS QU'IL RENTRAIT D'UNE SÉANCE DE CINÉMA, JUAN — ENCORE ENFANT — SE JETAIT SUR UNE FEUILLE DE PAPIER POUR GRIFFONNER LES SCÈNES LES PLUS MARQUANTES DU FILM QU'IL VENAIT DE VOIR ET DONT IL VOULAIT ABSOLUMENT SE SOUVENIR. SA FAÇON À LUI DE PROLONGER SON PLAISIR… JUSTEMENT, LE CINÉMA DES ANNÉES CINQUANTE PRÉSENTAIT DES ADAPTATIONS DE BANDES DESSINÉES, DE DICK TRACY À FLASH GORDON EN PASSANT PAR SUPERMAN. CETTE MATIÈRE FAIT RAPIDEMENT RÊVER LE PETIT JUAN QUI SE PASSIONNE DÉJÀ POUR LES HISTOIRES PLEINES D'ACTION ET LA SCIENCE FICTION EN PARTICULIER. À PEINE PLUS TARD, QUAND IL DÉCOUVRIRA L'EXISTENCE DE LA BANDE DESSINÉE, IL SE DÉCIDERA LUI AUSSI À RACONTER SES HISTOIRES EN DESSINS, SE LANÇANT AVEC JUSTE QUELQUES RUDIMENTS SCOLAIRES ET LA PASSION AU BOUT DE SA MAIN GAUCHE, LA SEULE QUI SACHE DESSINER. VESTIGES DE SES DÉBUTS CHAOTIQUES, IL GARDE AVEC ÉMOTION UN DESSIN ENCRÉ SUR LA GUERRE DE CORÉE RÉALISÉ À QUATORZE ANS, SA PREMIÈRE PLANCHE DE BD EXÉCUTÉE LA MÊME ANNÉE ET SON PREMIER ESSAI COULEUR POUR LA COUVERTURE D'UNE REVUE, DEUX ANS PLUS TARD. S'IL A ENVIE DE MONTRER SES PREMIERS PAS D'ALORS, C'EST AVEC LE PLAISIR DE L'AUTODIDACTE SÛR DE POUVOIR ENCOURAGER DE JEUNES TALENTS EN SOULIGNANT SON DÉPART DIFFICILE, QUITTE À RISQUER DE MENACER LE MYTHE…

- **Ci-contre à gauche :**
Illustration libre au crayon, 1992

- **Ci-contre à droite :**
Illustration libre, 1992
(collection privée Rafael Piqueras)

- **Page de droite :**
Illustration libre, 1992
(collection privée)

AUJOURD'HUI, AVEC L'INVENTION DU MAGNÉTOSCOPE (BONNE EXCUSE !) ET SA PARESSE NATURELLE (SECRET D'ÉTAT !), JUAN GIMENEZ A PERDU CETTE HABITUDE DE MÉMORISER GRAPHIQUEMENT LES SCÈNES-CLEFS DE SES FILMS PRÉFÉRÉS… MAIS IL CONTINUE NÉANMOINS À CROQUER GENS ET PAYSAGES DANS SON AGENDA EN GUISE DE PETITES NOTES D'APPRÉCIATION, COMME IL LE FAIT POUR TOUTE VARIATION CLIMATIQUE, DESSINANT NUAGES, SOLEIL OU PLUIE À CÔTÉ DE LA DATE DU JOUR. LE DESSIN CONTINUE DONC À LUI SERVIR DE FIL ROUGE… ET LUI PERMET D'ÊTRE LE DÉTENTEUR DES ANNALES MÉTÉOROLOGIQUES LES PLUS PITTORESQUES DE TOUTE LA CATALOGNE !

DE L'AUTODIDACTE, IL A AUSSI LA BOULIMIE ACTIVE. QUELQUES TRACES SE RETROUVENT AU CŒUR DE SES ILLUSTRATIONS ET NOMBREUX SONT CEUX QUI RECONNAÎTRONT LES FANTÔMES PLANANT DANS LES AMBIANCES DES ROMANS DE RAY BRADBURY, FREDERIC BROWN, ROBERT SILVERBERG, ROBERT SHECKLEY ET THEODORE STURGEON… POUR NE CITER QUE LES MOINS DICRETS.
C'EST À L'ÂGE DE TROIS ANS QUE JUAN A ÉTÉ CONTAMINÉ PAR LE VIRUS DE L'ESPACE. OH ! L'ÉVÉNEMENT DÉCLENCHEUR EST BANAL. SON PÈRE A EU L'EXCELLENTE IDÉE DE LE HISSER DANS UN AVION. ON NE SE MÉFIE JAMAIS ASSEZ DE L'IMPACT QUE PEUVENT AVOIR D'AUSSI INNOCENTES INITIATIONS. DEPUIS, JUAN NE S'EST JAMAIS REMIS DE SON BAPTÊME DE L'AIR ET, S'IL N'A PU ACCÉDER À UN BREVET DE PILOTE, TROP ONÉREUX À L'ÉPOQUE, IL A GARDÉ LA PASSION DES OBJETS VOLANTS QUE SON IMAGINATION LUI A

Illustration pour *Do-It-Yourself*, 1987

RAPIDEMENT PERMIS DE RENDRE OMNIPOTENTS, PASSANT DU SIMPLE AVION AU VAISSEAU SPATIAL TECHNIQUEMENT IRRÉPROCHABLE.

DE TOUT CE QUI A CONSTITUÉ L'ESSENTIEL DE SON APPRENTISSAGE, L'EXPÉRIENCE CINÉMATOGRAPHIQUE DE SA COLLABORATION AU FILM *HEAVY-METAL* TIRÉ DE LA BD EST LE SOUVENIR LE PLUS LUMINEUX DE JUAN GIMENEZ. PARTI POUR DÉPANNER L'ÉQUIPE DU FILM, JUAN RESTERA DIX SEMAINES À MONTRÉAL, CONTRIBUANT LARGEMENT À DEUX SKETCHES (*HARRY CANYON* ET LE FAMEUX *GREMLINS*).

EN SOUVENIR TANGIBLE DE CES MOMENTS INOUBLIABLES, JUAN A OFFERT À TOUTE L'ÉQUIPE UNE ILLUSTRATION DE TOUS LES PERSONNAGES DE *HEAVY METAL*

RIEN N'EST PLUS RICHE QUE DE SE FONDRE DANS UN UNIVERS, DE DÉTERMINER CE QUE L'ON PEUT Y METTRE DE SOI ET D'AVANCER TOUT SEUL DANS L'ÉDIFICATION DE SON PROPRE MONDE. SI JUAN N'A PAS ENCORE BIEN DÉFINI CE QU'IL CHERCHE, NI OÙ LE TROUVER, IL SAIT DÉSORMAIS QU'IL NE PEUT PLUS S'ARRÊTER...

Les personnages de *Harry Canyon*

Dessin d'ambiance pour le film *Heavy Metal*, inédit, 1981

Couverture pour *Ciudad* tome 1, inédit 1982

Couverture pour *Ciudad* tome 2, inédit 1982

C'est seulement lorsque Gimenez arpente les vastes terres de l'Ouest américain, qu'il comprend. Sa quête graphique a déjà commencé. Il se grise d'un espace qu'il trouve alors illimité et ne sait pas encore qu'il va rapidement en toucher les frontières...

LA CONQUÊTE DE L'OUEST

Couverture pour la trilogie *Alvin Maker* de Orson Scott Card, 1991

Couverture pour la trilogie *Alvin Maker* de Orson Scott Card, 1991

Crayonnés préparatoires

Couverture pour la trilogie *Alvin Maker* de Orson Scott Card, 1991

Il faut donner à l'homme le moyen de se dépasser, de faire éclater la pauvreté de ses limites humaines. Seule la machine, celle qui permet de s'envoler, de se projeter ailleurs, de conquérir l'espace, paraît répondre à cette exigence.

L'ÉTOFFE DES HÉROS

Couvertures pour la revue *As de Pike*, 1990

Couverture pour la première édition française de *Leo Roa* tome 2 *L'odysée à contretemps* (éditions Dargaud)

Couverture pour *Titan*, 1993 (© Comics USA)

Couverture pour la revue *As de Pike*, 1988

Armé jusqu'à l'encre, le bras de Gimenez peut maintenant quitter l'Argentine, l'Ouest et le rêve américain pour entamer sérieusement, de son style affirmé, la seule conquête digne de toutes les énergies humaines, celle du Sens.

LOINTAINS INTÉRIEURS

Arcane XXI : *Le Monde*

Poster publicitaire, 1984

Arkhâne, le Chevalier aux mille visages, l'Homme générique, courageux et couard, belliqueux et amoureux, sûr de lui et sans aucune certitudes... est le guide qui ose affronter l'espace et accepte de rencontrer ce qui le dépasse...

Couverture pour la deuxième édition de
L'Etoile Noire (éditions Dargaud), 1981

Couverture pour la revue *Zone 84*, 1983

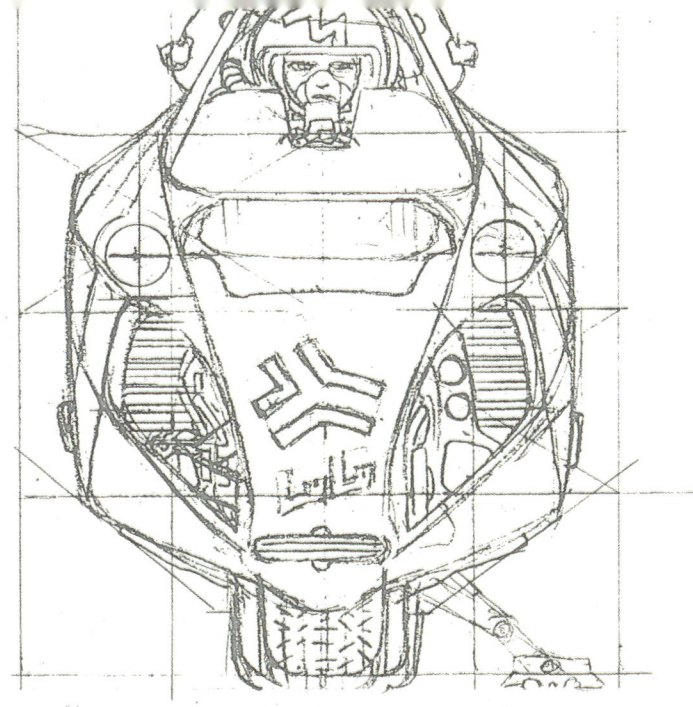

Les premiers obstacles se situent dans un ailleurs encore trop proche du présent, baigné de luttes intestines et de guerres peu honorables. Rien qui ne satisfasse Arkhâne dont la faim de connaître maîtrise la peur de lutter...

Essai pour le film *The Neromancer* de William Gibson, 1989 (Russel Production Inc.)

Couverture pour la première édition française du *Quatrième Pouvoir*, 1988 (éditions Dargaud)

Couverture pour *Mutante*, 1993 (© Comics USA)

Nés de son imagination débridée, les obstacles se multiplient et s'incarnent à mesure qu'Arkhâne avance. Croyant avoir sagement renoncé à la machine, il subit le choc de sa transmutation et la violence de son mariage avec l'animal. La machine n'est plus son amie, elle s'est liguée avec la bête contre l'homme et prend possession de lui. De nouvelles luttes s'annoncent...

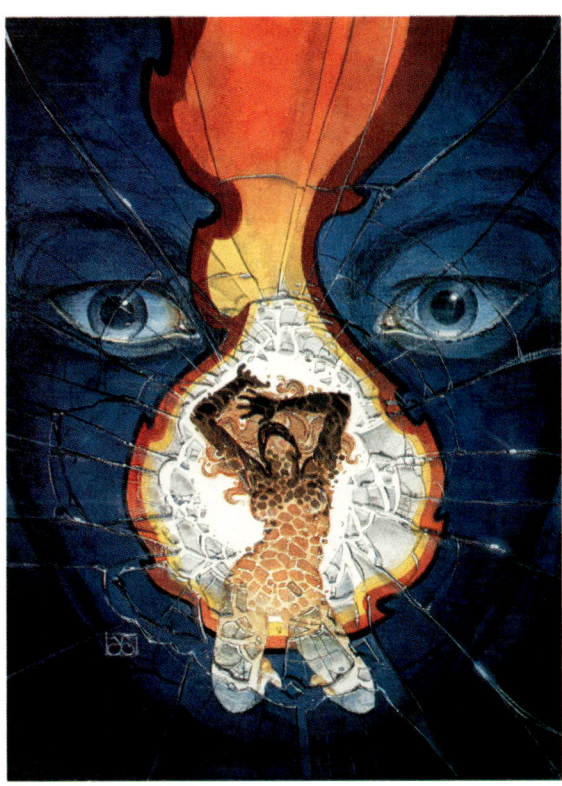

Couverture du roman *Les Yeux de l'Apocalypse*, 1991

Inédit, 1987

Inédit, 1983

Arcane XVI : *La Maison-Dieu*

Arcane XVII : *L'Etoile*

... Mais il est trop tard pour reculer. Toujours fasciné par son but, Arkhâne est prêt à affronter autorités usurpées et peurs hiérarchisées pour voir mourir en lui ce qui le rattache à son humanité limitée...

Arcane VII : *Le Chariot*

Arcane V : *Le Pape*

Inédit, 1984

Couverture pour la troisième édition de *L'Etoile Noire*, 1993 (© éditions Glénat)

Arcane XII : *Le Pendu*

Arcane IV : *L'Empereur*

Apparitions symétriques. L'Empereur, satisfait des progrès d'Arkhâne, confie son destin à l'Impératrice. Suprême victoire de cette passation de pouvoir : l'arrivée tardive de la femme dans l'univers de la quête donne une nouvelle dimension aux obstacles rencontrés.

Arcane III : *L'Impératrice*

Couverture pour le roman *Hermana Luz, Hermana Sombre* de Jane Yolen, 1991

Couverture pour la première édition
de *Mutante*, 1984 (© Comics USA)

Arcane V : L'Amoureux

Séduit, Arkhâne cède à la faiblesse de ses sentiments et retrouve en la femme cette force qu'il lui offre... Il comble enfin, par le don de soi, son désir d'intégrité.

Arcane XI : *La Force*

Couverture pour la revue *Blue*, 1991

Couverture pour le roman *Deryni* de Katherine Kurtz, 1991

Couverture pour la revue *Top*, 1993

Couverture pour le roman
Blanche Jenna de Jane Yolen, 1991

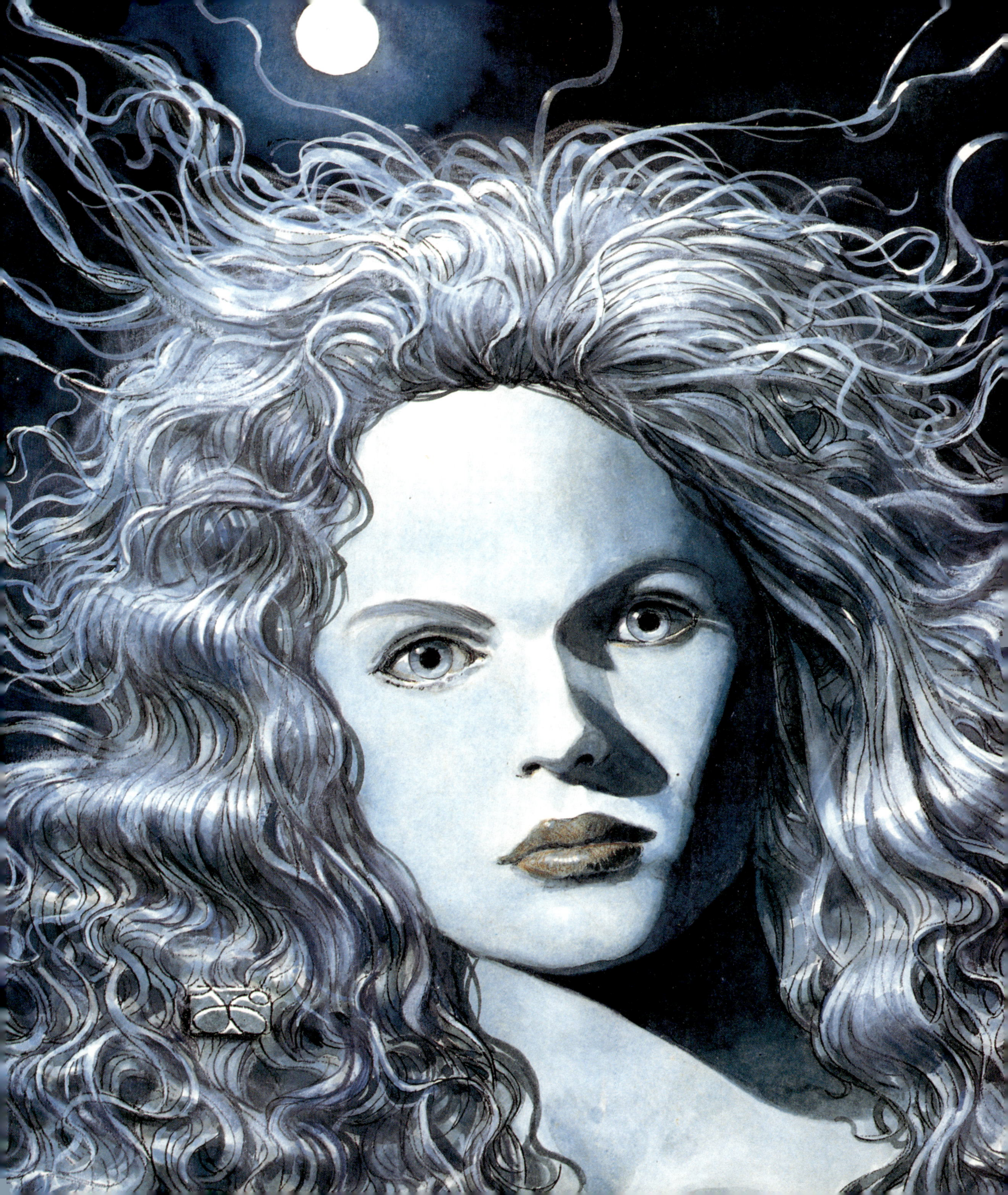

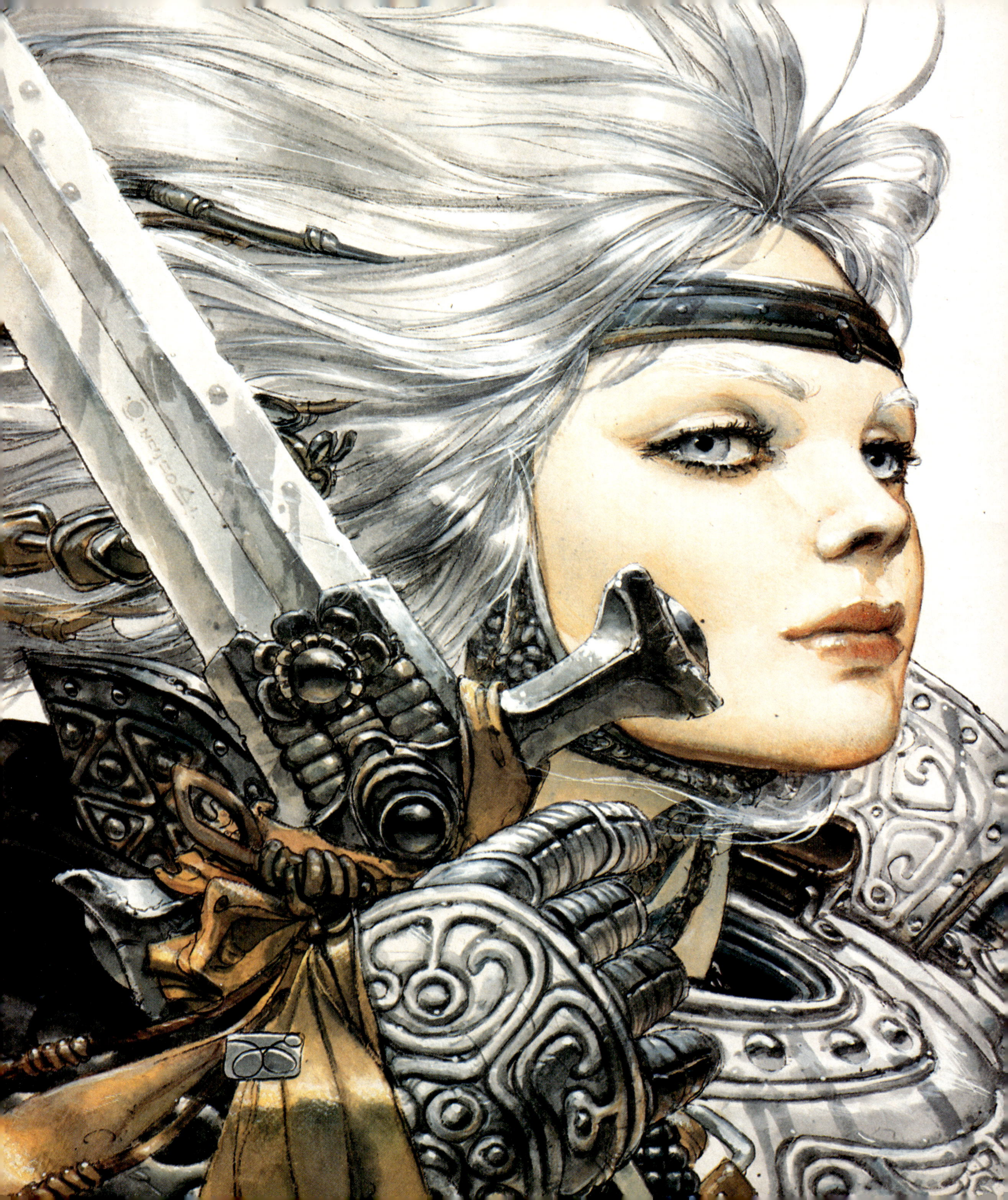

Vaincu par sa victoire, épuisé par son cheminement semé d'embûches, Arkhâne se laisse gagner par sa propre soif de connaissance qu'il veut étancher sans renoncer à lutter.

Couverture pour le roman *Les Dames de Madrigyn* de Barbara Hambly, 1990

Couverture pour le roman *Darkover : L'exil de Shara* de Marion Zimmer Bradley, 1990

Couverture pour *L'acier noir* de Jean Genevre, 1991

Arcane X : *La Roue de la Fortune*

Couverture pour le roman *La princesse en larme* de Ruemerson, 1991

Arcane XIV : *La Tempérance*

Couverture pour le roman *Darkover : La Maison de Thendara* de M. Zimmer Bradley, 1991

Le chemin de l'Immatériel passe

par le Château des Sortilèges.

Pour y parvenir, Arkhâne

— le Rationnel — devra donc

franchir les seuls obstacles

qu'il ne peut vaincre à l'épée :

ses démons intérieurs, capables

de le faire basculer dans la folie.

Arcane XVII : *La Lune*

Couverture pour le roman *Paladin* de C.J. Cherry, 1990

Couverture pour le roman *Vaincre le Dragon* de Barbara Hambly, 1990

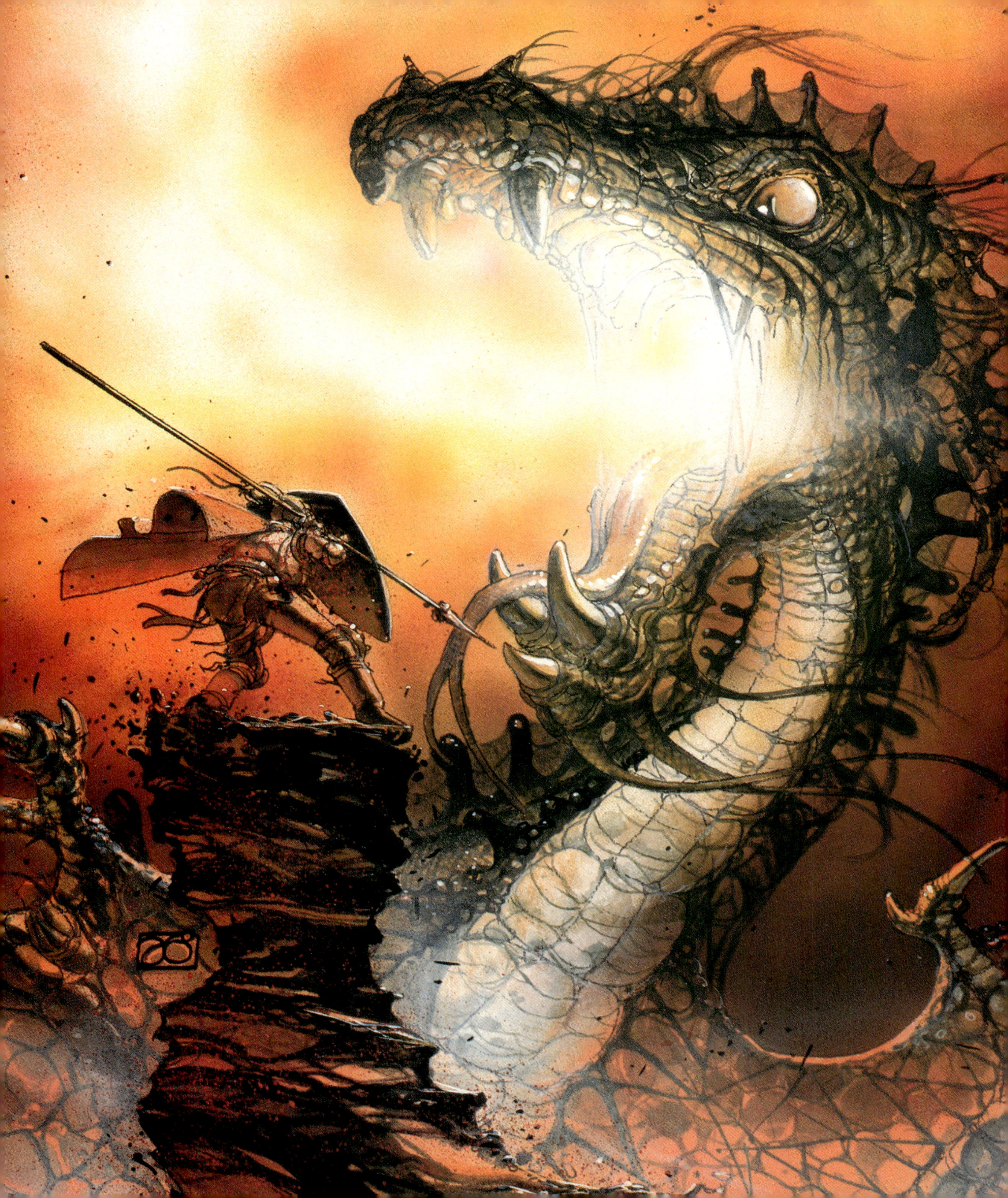

Couverture pour le roman *Lyonesse II : La Perle verte* de Jack Vance, 1990

Arcane I : *Le Bateleur*

Arcane IX : *L'Ermite*

Extrait de la nouvelle *Une princesse de rêve*

Couverture pour le roman *Darkover : La Chaîne brisée* de M. Zimmer Bradley, 1990

Indemne malgré les multiples embûches, Arkhâne s'apprête à franchir le seuil du Château en implorant sa muse. En elle il puise la force d'affronter l'Irrationnel pour devenir Maître des Sortilèges.

Couverture pour le roman *Darkover : L'Interdite* de M. Zimmer Bradley, 1990

Extrait de la nouvelle *Une princesse de rêve*

Arcane II : *La Papesse*

Epuisé, mais toujours fasciné, le Chevalier Arkhâne respire avec émotion un peu de cet air crépusculaire, magique et envoûtant. Parviendra-t-il enfin à vaincre l'humanité de son destin... Ou les détenteurs du savoir le lui interdiront-ils encore ?

LA QUÊTE DU DESTIN

Arcane XIX : *Le Soleil*

Couverture pour le roman *Deryni : La Renaissance*
de Katherine Kurtz, 1991

Couverture pour le roman *Lyonesse I : Le Jardin de Sulorum* de Jack Vance, 1990

Arcane XV : *Le Diable*

Illustration pour *Playboy*, 1989

A Au prix d'une violente descente aux enfers où les démons vengeurs n'auront d'Arkhâne que sa face noire, le fier Chevalier pourra affronter l'ultime épreuve, le jugement, aux portes du Savoir, en se présentant vierge de toute attente.

Extrait de *Gangrène* (© Comics USA)

Couverture pour le roman *Darkover : L'Epée enchantée* de M. Zimmer Bradley, 1990

Arcane VIII : *La Justice*

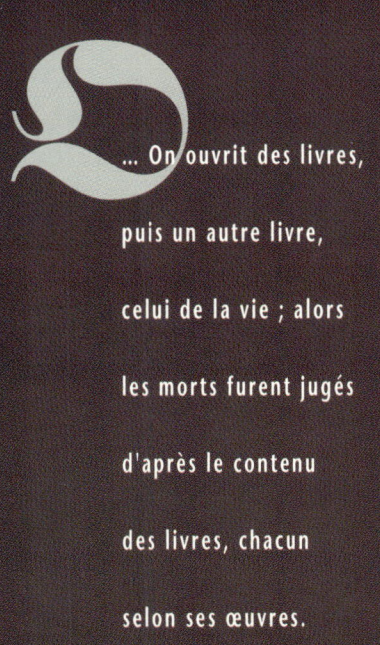

... On ouvrit des livres, puis un autre livre, celui de la vie ; alors les morts furent jugés d'après le contenu des livres, chacun selon ses œuvres.

L'Apocalypse, 20-12

Arcane XX : *Le Jugement*

Arcane XIII *(sans nom)*

Inédit, 1994

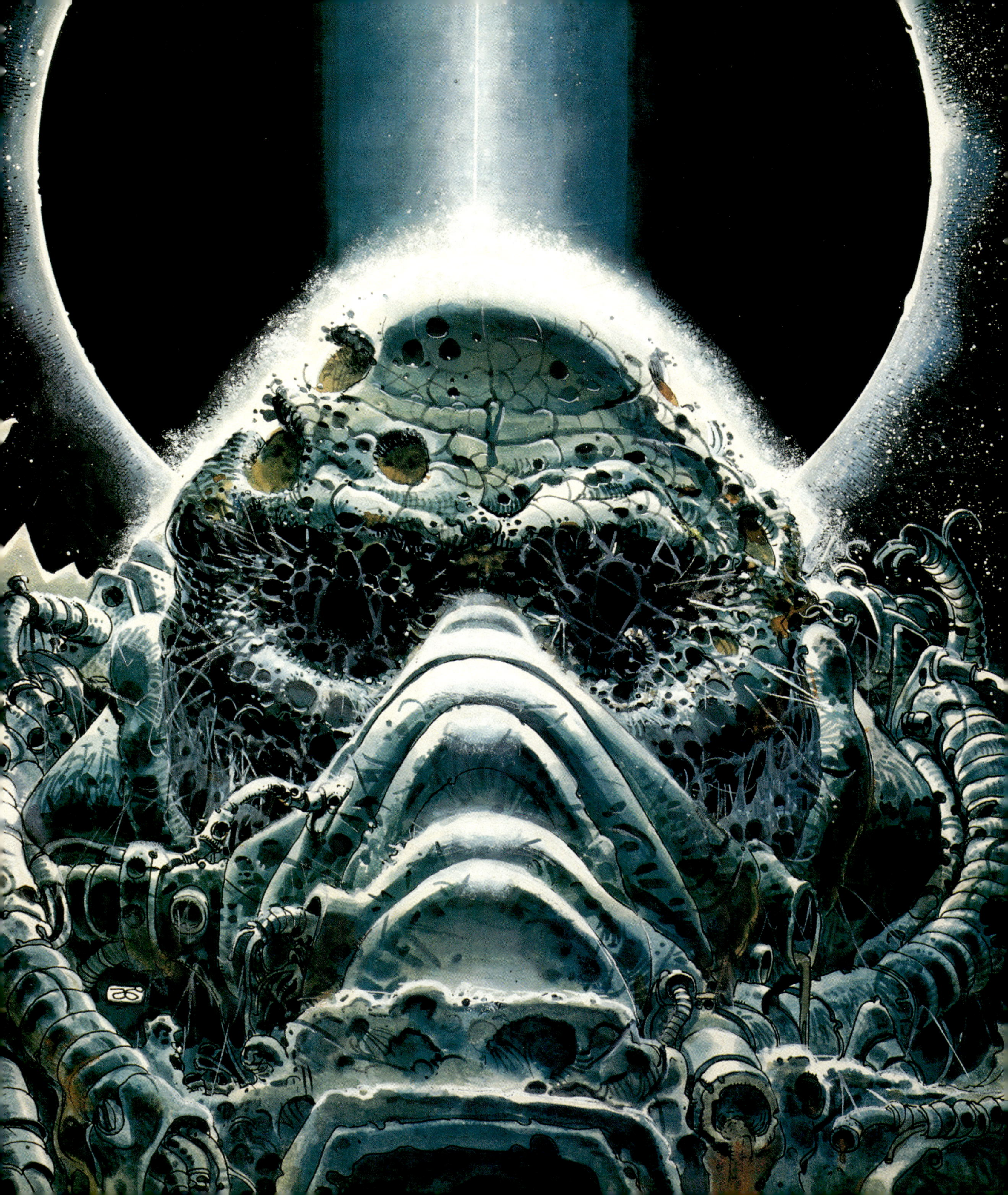

Extrait de *L'Etoile noire* (éditions Glénat)

Arcane 0 : *Le Mat*

LES ARCANES DU DESTIN

L'INTERPRÉTATION DES VINGT-DEUX ARCANES MAJEURS DU TAROT CONSTITUE L'UN DES DERNIERS TRAVAUX DE JUAN GIMENEZ ET EST INÉDIT À CE JOUR. RÉPONDANT PLUS À UN DÉFI QU'À UNE IMPULSION MYSTIQUE, JUAN S'EST LANCÉ AVEC PASSION DANS LES IMAGES QUE LUI SUGGÉRAIENT LES CARTES. L'ORDRE DANS LEQUEL ELLE FIGURENT DANS CE LIVRE A GUIDÉ LES PAS DU CHEVALIER ARKHÂNE… MAIS TIRÉES AUTREMENT, ELLES CONSTRUIRAIENT UN ORDRE NOUVEAU QUI GUIDERAIT D'AUTRES PAS, DANS D'AUTRES LIEUX, SUIVANT D'AUTRES VOIES.

PLACÉES AINSI, SELON LA CHRONOLOGIE CLASSIQUE DU TAROT DE MARSEILLE, LES CARTES RENDENT COMPTE DE L'HOMOGÉNÉITÉ DU TRAVAIL DE JUAN GIMENEZ. LES BLEUS TRAITENT L'UNIVERS FROID ET ANGOISSANT DES VAISSEAUX SPATIAUX, DES MÉTÉORITES, DES SCAPHANDRES ET AUTRES HABITS MÉTALLIQUES ENVAHISSANT L'HUMAIN… DES BLEUS ENCORE POUR PEINDRE LES HUMAINS DEVENUS INQUIÉTANTS COMME LES MACHINES… LES BRUNS CHAUDS CARESSENT LES PEAUX DES PERSONNAGES ET LEURS VÊTEMENTS EN TISSUS, ET LES DEUX SEULS ROUGES SONT POUR LE SOLEIL APOCALYPTIQUE ET LE CŒUR DE LA MORT. CE SONT DONC LES COULEURS QUI RACONTENT LE MIEUX CE MARIAGE PARFOIS ACIDE DE L'HUMAIN ET DE LA MACHINE, CHER À GIMENEZ.

LES SIGNIFICATIONS EN REGARD DES REPRODUCTIONS SONT CELLES COMMUNÉMENT ADMISES PAR LES TAROLOGUES.

I - L'Homme, l'Esprit créateur,
l'Initié, l'Unité.

II - La Femme, la Dualité, l'Intuition,
l'Instinct maîtrisé.

I   LE BATELEUR   II   LA PAPESSE

III - L'Intelligence, l'Imagination
créatrice, la Femme, la Mère.

IV - La Puissance, la Volonté,
le Pouvoir, la Sagesse,
l'Autorité, le Père.

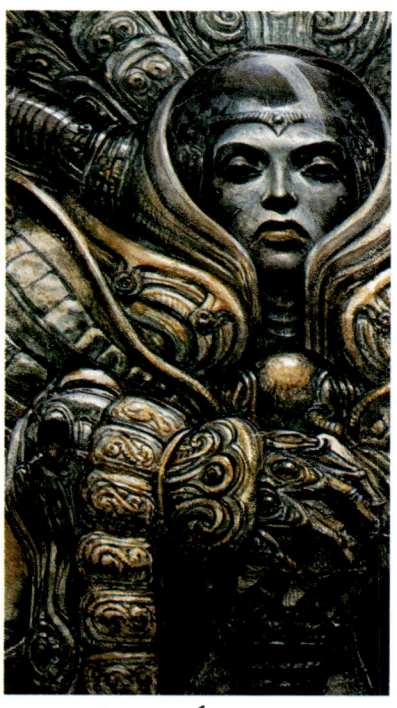

III   L'IMPÉRATRICE   IV   L'EMPEREUR

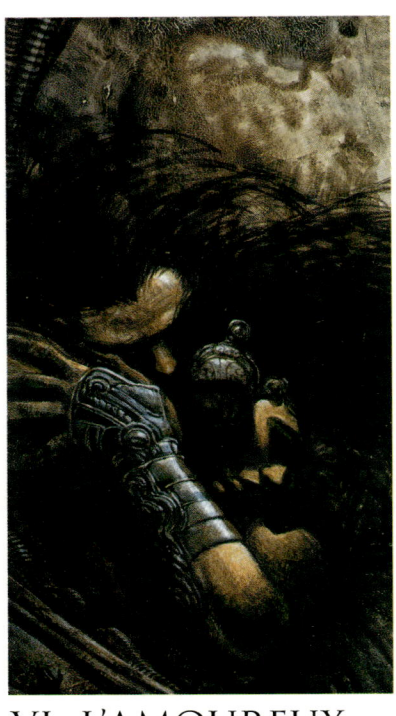

V - L'Absolu, le Médiateur, l'Autorité et le Pouvoir spirituels, la Transcendance.

VI - L'Amour humain, la Passion sereine, la Beauté, la Bonté, l'Ame.

V LE PAPE   VI L'AMOUREUX

VII - La Victoire, l'Aide de Dieu, le Changement, le Voyage, la Conquête.

VIII - La Miséricorde, l'Equilibre, la Réaction, l'Alternance.

VII LE CHARIOT   VIII LA JUSTICE

IX L'ERMITE    X LA ROUE
               DE LA FORTUNE   XI LA FORCE

IX - La Solitude,
la Réflexion,
la Perfection,
la Vie intérieure,
la Sagesse spirituelle.

X - Les Vicissitudes
et Tribulations,
l'Illusion,
le Déterminisme,
l'Entropie et
la Négentropie.

XI - Le Courage,
l'Effort, l'Affirmation
de soi, la Réalisation.

XII - La Volonté de sacrifice,
le Don de soi, les Epreuves
à surmonter, l'Abnégation.

XIII - La Fatalité, la Mort
et la Résurrection, le Passage,
le Changement, la Transformation,
la Renaissance.

XII LE PENDU    XIII (SANS NOM)

XIV - Le Réarmement moral,
la Régénération, la Spiritualité,
l'Ascèse, l'Economie.

XV - La Désobéissance, la Lâcheté,
la Fatalité, la Sexualité brutale,
la Soumission aux passions,
l'Instinct primitif animal.

XIV LA TEMPÉRANCE   XV LE DIABLE

XVI - La manifestation de la Force divine, le Choc en retour, la Justice immanente, la Ruine.

XVII - L'Espérance, la Pitié, l'Inspiration, la Spiritualité, la Bonté divine.

XVIII - La Tentation, l'Exaltation, l'Envie, l'Hypocrisie, le Mensonge, le Crime, la Beauté fatale, le Pouvoir occulte, les Forces obscures.

XVI LA MAISON DIEU   XVII L'ÉTOILE   XVIII LA LUNE

XIX LE SOLEIL

XX LE JUGEMENT

XIX - Le Bonheur, la Beauté, la Santé, la Richesse, la Chance, l'Harmonie, l'Unité de Dieu, de l'homme et de la nature.

XX - La Récompense ou la Condamnation, le Divorce, les Règlements de comptes, la Régression, le Renouveau, la Résurrection, la Libération.

XXI - La Perfection, la Réalisation, le Bonheur réalisé, le Contrat rempli, le But atteint, la Plénitude, l'Harmonie spirituelle, la Béatitude, le Triomphe.

O - La Liberté, la Folie créatrice ou mystique, l'Illumination, la Sainteté, l'Energie intérieure, la Pauvreté matérielle, la Richesse spirituelle, la Confiance en Dieu.

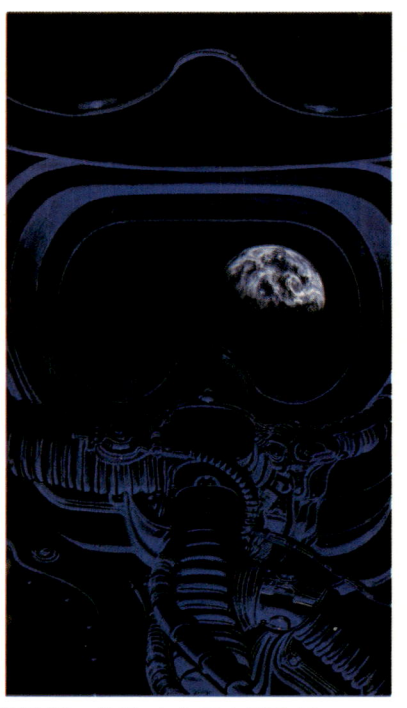

XXI LE MONDE

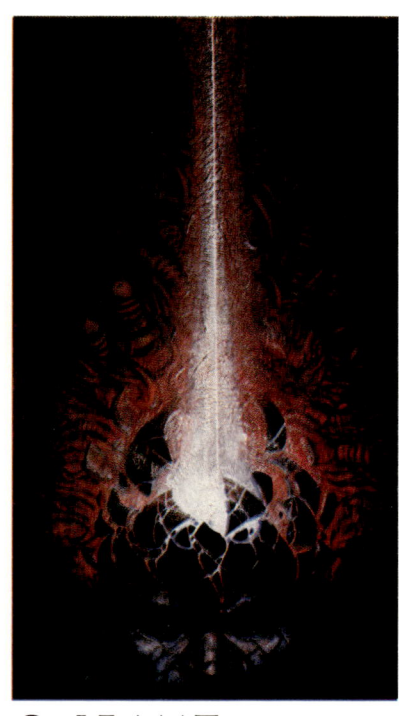

O LE MAT

Achevé d'imprimer et de relier en Juin 1994
sur les presses de Partenaires Fabrication, C.E.E.